KB156505

바라만 봐도 숙암

소·정·희·디·카·시·집

바라만 봐도 詩

소·정·희·디·카·시·집

작가의 말

설익은 사진 솜씨지만
길을 가다 멋진 풍경을 보면 찰칵 사진을 찍습니다.
노년의 유일한 소일거리입니다.
한동안 문학이라는 낯선 길이 어색함도 있었지만
정신적인 목마름에 단비를 주신
한실문예창작 지도 교수님 강좌에 열심히 드나들면서
시를 습득하다 보니 제 삶이 저울의 눈금처럼
서서히 봄날로 다가왔습니다.
신의 영역인 계절의 변화, 스쳐지나가는 바람에도
의미를 담으며 시심을 키웠습니다.
터 고르듯 곱게 다듬어 불면의 시간 정수리에
시심 걸터놓았습니다.
추억과 어우러진 감성 꺼내 시어들을 엮어 작은
꽃밭을 만들어 가는 재미에 새벽닭이 우는지
나이 먹어 가는 줄도 모르고 행복에 푹 빠져 살았습니다.
디카시집이 출판되기끼지 지도해 주신 박덕은 지도
교수님께 감사드립니다.
따스한 사랑으로 함께한 싱그런 문학회 문우님들에게도
감사드립니다.
곁에서 든든하게 묵묵히 지켜봐 준 가족들에게도
고마움을 전합니다.

– 시인 소정희 –

축시

소정희 시인

박덕은

사임당의 고요 정원에
자라난 장미 한 송이

솔바람이 감싸 주고
꿈결이 가꿔 주고

나래 큰 속삭임이
노래깃 빛내 주고

윤슬 덧칠한 호수는
마음 텃밭 넓혀 주고

수시로 드나드는 별빛은
사색의 깊이 새겨 주었다

어느 날 함께한 시심밭
거기 정 깊은 징검다리 지나

눈물로 소롯이 빚어낸
문학의 향기 줄줄이 꿰어

너그러운 시선들과 함께
순수와 진실 일으켜 세워

쪽빛 원탁에 빙 둘러앉아
감동의 찻잔 마시고 있다.

목차 /

1장 ····· 바라만 봐도 좋아

/ 목차

2
장
……
무
지
개
꿈

목차 /

3장 ····· 그 날이 올 때 까지

/ 목차

4장 ···· 익어 가는 사랑

목차 /

5
장
……
인
생

6 장 ····· 익어 가는 행복

1장

....

바라만 봐도 좋아

옹알 옹알
말문 터질 듯 말 듯
삐죽 나온 입술
어찌 저리 예쁠까

당신은 알죠

무너질 듯 졸인 맘
촘촘히 읽어 가니
사연으로 지친 무릎
토해낸 이 간절함.

후회

낯선 정원 한켠
불안한 번뇌 품고
외롭게 살고 있는
저 귀농자.

봄비

환희 속으로
촉촉이 젖어든
사랑.

연인인 양

설화 목련으로 화려한 변신
아름다운 모습에 콩닥 콩닥.

애가 타

한 걸음 한 걸음
숫자만 세다
붉게 타들어 간
저 노총각 가슴.

풋사랑

살며시 품에 안겨
시린 가슴 다독다독
이 밤 지새자마자
매정히 떠날 당신.

약속

붉은 치마폭에서
올곧게 자란 사랑
꼭 장원급제 할게요
고마워요, 엄마.

행복

따스한 미소로
송곳 같은 심장 열고
서서히 다가온 속 깊은 사랑.

익어 가는 향기처럼

함께 뛰놀던 푸른 시절
곱디곱게 철들어 가는 마음들
바라만 보고 있어도 참 좋아.

부럽다

마음속에 숨겨진 사랑
풀어헤쳐 높이 외쳐대는
연인들의 저 불타는 밤.

부부애

천년을 말없이
눈으로만 주고받은
저 깊디깊은 사랑.

짝사랑

밤마다 꽃등 밝혀
붉은 심장 열어놓고
밤낮으로
당신만을 기다립니다.

울 엄마 재산

매달린 사랑
꼬옥 숨겨둔 사랑
두지 속 채운 사랑
창고 가득 쌓아논 사랑.

부럽다

산 넘고 넘어
메마른 길에서도
등 기대며 사랑꽃 피워
알콩달콩 살아가는
저 노부부.

쉼터

산꼭대기 구름에 등 기대며
숨어 사는 초가삼간
꼭 한 번 가고파.

황혼

대대로 이어온 유산
따스한 사랑도 녹슬고
만삭된 그리움만
가득 차 있다.

휘바람 불며

달달달 이양기
초록으로 시침질 끝나면
추억과 뒹굴다
속살로 채워 간다.

모녀 상봉

절벽 끝에 매달려 손 내민 엄마
외벽 타고 오른 귀염둥이
그토록 기다린 이 행복한 순간.

재주꾼

허공에 집 짓고 걸터앉아
밤낮으로 오가는 사연들
읽어내는 똑순이 변호사.

노을빛 약속

첫눈에 반해 버린 너
하늘이 허락하는
그날까지 사랑해.

바라만 봐도 좋아

옹알 옹알
말문 터질 듯 말 듯
삐죽 나온 입술
어찌 저리 예쁠까.

2장

....

무지개 꿈

등잔불 코앞에 달고
밤새도록
손끝 저리게 피워낸
울 엄마꽃

첫사랑

아름답게 피어오른 가슴속
저리 곱게 남기고 간
향기 석 자.

하늘이시여

동강나
무더기로 짓밟힌
푸른 열사들
억울함 토해내는
저 몸부림.

나는 용이다

내 보물 등에 업고
여의주 입에 문 채
높이 높이 오르는
찬란한 이 순간.

엄마 마음

투덜거린 무릎으로
걸어올라 두 손 흔들며
밝은 미소 전해 주는
사랑의 메시지.

여보

한 번만 용서해 줘
고개 숙여 빌어봐도 침묵만 떠돌 뿐
속울음 끌어안고
쫓겨난 저 무거운 발걸음.

잉태

여리디여린 숨결 속에
콩콩 뛰는 심장
툭툭 발길질 메세지에
활짝 핀 웃음꽃.

환영합니다

꼭꼭 숨어 이룬 가정
행복의 길 열어 주고
푸른 시절 향기 찾아
외출 나온 부모님.

탄생

진통 속 안개문 열고
태어난 장군감 금줄 치고
저리 포근히.

혼자 살아 봐

참다 참다 힘들어
입 꼭 다문 채
아들딸 데리고
집 나간 마누라.

간절함

건강하자

사랑 가득 대박나자

산더미처럼 쌓인 답안지

밤낮으로 풀고 있는 울 엄마.

무지개꿈

등잔불 코앞에 달고
밤새도록
손끝 저리게 피워낸
울 엄마꽃.

보고픔

고개 들어
거친 파도 헤치고
성큼성큼 걸어나온
저 깊은 사랑.

황혼길

긴 세월 삭힌 가을산
한 잎 한 잎 떨어져 간
노인들의 양로원.

행복한 결심

기다리다 백발된 세월
계절이 변한다 해도
당신 절대 보낼 수 없어.

버팀목

무거운 마음
옆구리에 매단 채
매운 시간 삼키며
살아온 울 아버지.

행복한 가정

산골 외딴집
도란도란 체온 엮어
굵어 가는 우애 속에
화려한 외출 꿈꾼다.

노부부

앞서거니 뒤서거니
노을밭에 등 기대며
바람 따라 강물 따라
살아가리.

독거노인

뜨근뜨근한 품안
모두 떠나고
서릿발 추녀끝
주렁주렁 매달린
저 외로움.

사랑

겨울이 온다 해도
아름다움 변함 없어
주야로 지켜주는 당신이 있으니까.

꽃방석

파란 하늘 뭉게구름
산들바람 저 강물
품안에 꼬옥 안긴
꿈 같은 이 행복 향긋하다.

회춘

녹아 버린 마음밭에
피어난 청춘
온몸으로 펄럭이는
저 웃음소리.

3장

···················

그날이 올 때까지

난간에 걸터앉은
대장부 푸른 꿈
고개 돌려 귀 털고
기다리다 망부석 되다.

천하태평

밤낮으로 일해도 무일푼
돌고 도는 인생
신나게 웃으며 살자.

못 잊어

얼마나 그리우면
얼마나 보고프면
구름 위 걸터앉아
저리 멍하니
바라보고 있을까.

그리움

세월 가도
마음속에 흐르는
저 맑고 깊은
엄마의 끝없는 사랑.

추석날 밤

가고픈 고향
눈 크게 뜨고 바라볼 뿐
붉은 그리움으로
가득 채운 저 북녘 하늘.

애도의 마음

멀리 멀리 떠나신 님 앞에
고개 숙여 국화 한 송이 올린
저 침묵의 하늘.

저 너머 그리움

갈라진 삼팔선
못 잊어 보고파
외쳐대는 몸부림.

불 밝혀라

울렁울렁 콩닥콩닥
오늘같이 좋은 날.

대가족

열두 줄 꽃실로
밤마다 사랑 엮어
태어난 귀염둥이들
행복에 푹 빠진 울 엄마.

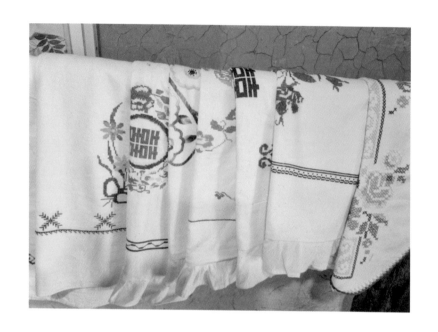

노처녀 가슴

옥양목 한 올 한 올
십자수에 사랑 담아
그대 품속으로
밤마다 달려간다.

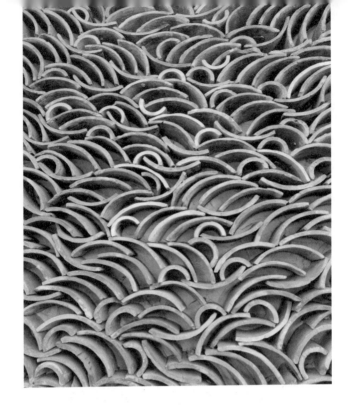

영어 공부

구십 세 늦깎이 학생
꼬부랑 꼬부랑 행복한 시간
드디어 졸업식날
온 가족 축제 한마당.

어머니

퍼즐처럼 엮어 가는 옹이
붉게 타들어 간 속마음
하늘 보며 토해낸
저 한숨 소리.

공로자

애간장 녹은 속울음
봄햇살로 녹여내
피워낸 애국 정신.

마음

하루에도 수십 번 왔다 갔다
엎었다 뒤집었다
실속 없이 바쁘게 사는 너.

여보, 힘들어

순간 실수로
한 기둥 두 집 살림
꽉 닫힌 맘
숨막힌 하루 하루.

피어나는 추억

대한민국 짝짝짝
다시 일렁이는
붉은 악마의 저 물결들.

그날이 올 때까지

난간에 걸터앉은
대장부 푸른 꿈
고개 돌려 귀 털고
기다리다 망부석 되다.

엄마 품이 그리워

따스한 봄 찾아왔건만
가족과 떨어져 자가격리
왜죠?

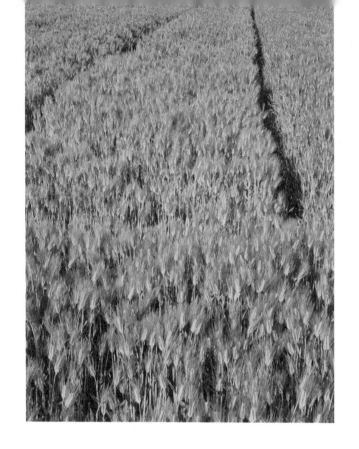

경사

춤추는 푸른 들판
사근사근 귓속말
만삭달 기다린
엄마의 간절한 마음
일렁 일렁.

고향집

온 가족 봄나들이
웃음도 가지 가지
행복 주렁 주렁.

4장

....

익어 가는 사랑

긴 세월 침묵 삭힌
어머니의 손맛
저리 수북히 쌓인 그리움

어깨동무

젊고 푸르게
함께하는 우리 사랑
이대로 영원히.

마음은 청춘

늙고 검버섯 핀 황혼길
가슴 깊이 숨겨둔 순정이
활짝 피워낸 사랑꽃.

막노동

마디 마디 한숨 소리
잠시 쉬어 가는 시간.

부처님 오신 날

말없이 몸으로 주신 법문
온누리에 따스한 사랑으로
부디 평화의 길로 이어지길.

수난 시대

오염으로 얼룩진 곳에
가시 돋힌 원망 소리.

오월

파란 마음 꼭 껴안고
지붕 끝까지 울려 퍼진
가족의 웃음소리.

도전하라

세월 엮어 쌓아올린
아버지 유산
대대로 이어진 참교훈.

행복한 하루

보일 듯 말 듯 수줍은 첫 나들이
길 가다 멈춰
포근히 감싸 준 사랑 놓치기 싫은데
꼭 붙잡은 울 엄마 저 손
언제쯤 놓아줄까.

사랑

아침부터
하늘 끝까지 보고픔 토해낸
저 붉은 그리움.

홍매화

눈 내리는 소리에 몸살 같은 아픔 견뎌내며
꺼지지 않은 열정으로
붉디붉게 타오르는 숨결
터질 듯한 미소로 다가오는 이 사랑.

짝사랑

끝까지 감추고 싶은데
봉긋이 피어난 하얀 그리움
콩닥 콩닥 뛰는 심장 숨고르기 한다.

익어 가는 사랑

긴 세월 침묵 삭힌
어머니의 손맛
저리 수북히 쌓인 그리움.

산속 요양원

임종 앞두고 기다린 첫사랑
찾아와 살포시 품에 안겨
마지막 입맞춤한다.

향수

뜨근뜨근 아랫목 엄마품 사랑
아지랑이처럼 솔솔 피어나는
보고픈 얼굴들 그리워 그리워.

참사랑

기다리고 기다리다
주고 또 주고
끝까지 주고픈 마음.

5장

인생

꼬덕꼬덕 가던 길 뒤돌아보니
저리 허무만 수북이 쌓였구나.

천생연분

얽히고설킨 삶의 매듭
세월이랑 엮어 둥글 둥글
행복한 가정 방글 방글.

전우들이여

쓰러지고 부러지고
비록 뽑힐지라도
나만은 하늘 끝까지 지키리.

행복

깊은 산에 숨어 사는 꽃
외로움 알았을까
슬며시 찾아온 사랑.

평생 친구

저세상 갈 때까지
손 잡고 같이 가 보자구,
알것제?

막걸리잔

울 아버지 얼굴
붉게 만드는
성형 시술 도구.

탄생

배꼽 붙인 채
처음 안겨 보는 엄마 품.

인생

끄덕끄덕 가던 길 뒤돌아보니
저리 허무만 수북이 쌓였구나.

발걸음

굵고 작은 상흔
휘어진 허리에
아버지의 흔적
끈적 끈적.

두 갈래길

머리 위엔 푸른 꿈
아래는 길게 늘어진 중년의 꿈.

전선 편지

무거운 철모에 굳게 닫힌 입술
아들 소식 깜깜
온몸 박힌 옹이만
울먹이며 세고 있는 이 봄날.

울고 있는 영혼들

떠다니는 억울함
하늘 덮더니
줄줄이 달려온
국화꽃 애도의 물결.

귀염둥이

팡팡 쏘아올려
깔깔깔 영글어 가는 열정
행복 열차에 가득 싣고
지구 끝까지 달리자.

정겨운 우리집

콩닥 콩닥 뛰는 가슴
푸르른 미소 풀어놓고
달콤한 향기에 취해
알콩 달콩 익어 가는 사랑.

무정

물방석 깔고
쪼그리고 앉자
몸살난 고독
메아리만 목말라
돌아올 뿐.

유월

하늘땅 줄줄이 토해내는
전사들의 저 붉은 함성
좀처럼 꺼지지 않는 혼불.

딸 부잣집

숨겨진 사랑

활짝 열어놓자

붉어져 만삭된 몸

한숨 쉬는 울 엄마.

효도 관광

하얀 미소
파도와 손잡고
설레는 맘 줄줄이 엮어
물길 따라 우리 땅 독도로.

향수

엄마 기도 소리
온 가족 웃음 소리
알콩달콩 저 향기 속에
영원토록 살고파.

허무

곱게 단장한 마음
갈바람 손잡고
놀던 때도 잠시
계절따라 떠나 버린
님아.

백세 인생

구불 구불 걸어온 인생
비록 지팡이에 의지해도
머리는
언제나 짙푸른 청춘.

그리움

곱디고운 푸르름
잡힐 듯 말 듯
향기로 떠돈다
애간장 녹이며.

아버지

헛간 귀퉁이에 녹슨 채
어깨쭉지만 걸치고서
불타는 노을 바라보며
가슴앓이하고 있다.

익어 가는 행복

수염 속에서
알알이 여물어
온 가족 빈 배
채워 준 너.

6장

....

익어가는 행복

수염 속에서
알알이 여물어
온 가족 빈 배
채워 준 너.

그리워

의사 박사 사업가의 꿈
등에 업고 떠난 꼬맹이들
지금 잘살고 있는지
보고 싶다.

굽은 손

뒤엉킨 잡초 속에
파묻힌 세월 캐다
잠시 쉬어 가는
노을길.

우정

코흘리개들의
화려한 꿈
노을 앞에 펼쳐 놓고
수다떠는 해름참.

봄 의미

고요숲 가슴 활짝 열고
보드라운 속살로
유혹하는 저 맵시.

아버지 눈물

남북으로 갈라진 뿌리
할퀴고 간 구멍난 상처
백발에도 대를 이은 핏줄.

반성문

도반길 나눔의 미덕
고개 숙여 깨우치는 시간.

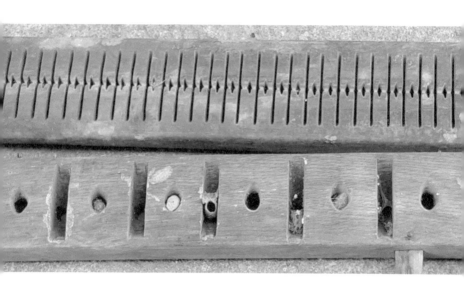

추억 단상

사랑방 호롱불 켜놓고
왕골 벼가마니
한 가닥 한 가닥
엮어가는 울 아버지
손노리개.

어버이날

엄마 아빠 고마워요
효도할게요
쌍둥이들 큰절
올립니다.

사는 게 너무 힘들어

속살까지 세월이
파고든 멍울들
지팡이에 의지한 몸
강물따라 걸어가는
저 노목.

나 이런 사람이야

머리는 하얗게 변해 가도
몸은 이팔청춘
다홍치마에
난 행복해.

부부싸움

내가 뭘 잘못했다고
날마다 꼬리 세워 가며
혼내키고 그래
성격 안 맞아
못 살겠네.

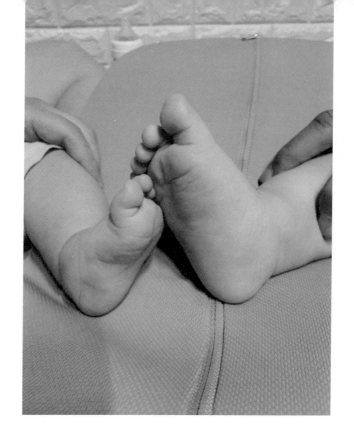

어떤 명령

키 재 보니, 형 맞지?
내 말 잘 들어
알것제?

황혼

시간의 고삐 붙잡고
원앙의 두 바퀴 페달 밟으며
노을과 도란 도란 떠나는
여행 꽃길.

추억 단상

활짝 열린 마음속
딱 한 가지 숨기고 있는
저 콩알만 한 비밀.

속울음

뒤엉킨 물살 짝 잃은 슬픔에
버거운 저 노을길
해종일 가슴 헤집는 그리움.

기도

층층 기구한 사연들
무릎 꿇어 토해내니
저리 허공에 펄럭이는
푸르른 꿈들.

세 쌍둥이

메마른 길로
한 발 한 발 걸어오는
저 향긋한 봄의 소리.

낙원

힘들거나 괴롭거든
오세요
활짝 열린 행복의 길 찾아
어서 오세요.

노후

넘실대는 정도
숙성된 붉은 사랑도
비워 버리고, 텅 빈 몸뚱이로
햇살만 움켜쥐고 있다.

중환자

한 가닥 뿌리에 목숨 걸고
검게 타 버려 몸져 누워
옹이만 안고 키워낸
저 찬란한 초록 물결.

한마디

늦었다고 날 무시하지 마
삼팔선 저 너머
부모형제도
모시고 올 수 있어.

가을 소식

붉은 사랑 달콤한 맛
가슴에 담고 태어난
대가족 행복 나들이.

평설

....

문학박사 박덕은

문학박사, 전 전남대 교수
문학평론가
시인, 동화작가, 소설가
사진작가, 화가

소정희 디카시집 출간을 축하하며

소정희 시인은 전북 남원군 산동면에서 아버지 소남암 씨와 어머니 최정례 씨 사이에서 2남 3녀 중 셋째딸로 1951년 9월 20일에 태어났다.

어려서부터 가족의 사랑을 듬뿍 받으며 자랐다.

1974년 이남재 씨와 결혼해 희로애락과 동행하면서 슬하에 1남 2녀를 두어 잘 키워냈다.

자녀를 모두 결혼 시킨 뒤, 아쉬움을 뒤로하고, 전북 순창으로 귀촌하여, 풍산면 지내리 조그마한 마을 한 구석에 터를 잡고 행복한 노후를 보내고 있다.

주민들의 따스한 보살핌과 사랑 속에 오순도순 살면서, 인생 3모작 방향을 설정해 놓고, 여러 가지 취미 생활을 즐기고 있다.

어느 날 우연히 만난 인연들이랑 함께 문학과 일기의 경계를 넘나들면서 계절의 순환들을 섬세히 관찰하고, 새로운 각도로 해석한 감성을 꺼내 이미지 구현과 맛과 멋으로 사물 하나 하나를 조각 조각 엮어, 디카시집에 도전하게 되었다.

그리하여, 지금까지 빛창 문학상 최우수상, 부산문화 글판 문학상, 샘터 수필 문학상, 고마노 문학상, 남명 문화제 시화문학상 포랜컬쳐상, 세계환경문학상, 제1회 김해예총 시화전 문학상 작품상, 봉평 디카시 대전 대상 등등 수상의 열매를 거뒀으며, 한실문예창작 회원, 싱그런 문학회 회원으로 활약하고 있다.

자, 그러면 지금부터 소정희 시인의 디카시 세계를 향긋이 탐구해 보도록 하자.

「 풋사랑 」

살며시 품에 안겨
시린 가슴 다독다독
이 밤 지새자마자
매정히 떠날 당신.

　시적 화자는 뜨락으로 나가 풋사랑, 그 설익은 감성을
만난다. 이 밤이 지나면 떠날 것을 알면서도 품에 안기
는 저 하룻밤 풋사랑이 안쓰럽다. 얼마나 사무치게 외
로우면 풋사랑에 기대어 밤을 지샐까. 저 사랑은 오발
탄이거나 불발탄일 텐데 그것을 알면서도 사랑에 기
대고 있는 저 외로움. 마음의 허기, 그 외로움이 스스
로를 낚아채어 하룻밤 풋사랑에 몸을 맡기고 있다. 외
로움은 단절된 사랑의 감정이기에 그 단절을 어떻게든
다시 잇고 싶어한다. 오발탄이든 불발탄이든 나의 외
로움을 당신의 가장자리에 가 닿게 하고 싶어한다. 비
록 아침이 되면 당신에게서 멀어지는 자리로 남게 될

지라도 상관없다. 이 디카시는 눈이 내린 정경을 풋사
랑의 시각으로 새롭게 해석하고 있어 멋지다. 사랑을
완성하기 위한 노력으로 눈을 바라보는 게 아니라, 눈
에게 하룻밤 안긴 풋사랑 같은 그 설익은 감성에서 시
심을 전개하고 있어 색다르다. 시는 이렇듯 관점을 달
리하면 전혀 다른 의미로 다가온다. 살며시 품에 안기
는 감성, 시린 가슴을 다독이는 듯하다. 하지만, 슬픔
이 밀려든다. 이 밤 지나면, 매정히 떠날 테니까. 가슴
이 먹먹하다. 추억 속으로 잠시 밀려 들어가 눈시울 적
신다. 다시 만날 수 없는 사랑이 애틋하다. 그 감성이
사진 속 첫눈과 만나 훌쩍이는 듯하다. 나이가 들어도,
그 감성이 마르지 않고 영롱하게 빛나길 소망해 본다.

「 부럽다 」

마음속에 숨겨진 사랑
풀어헤쳐 높이 외쳐대는
연인들의 저 불타는 밤.

시적 화자는 아름답고 찬란한 불꽃놀이를 감상하고 있다. 폭죽이 터지기 전 어디에 팡팡 터지는 사랑이 숨어 있었던 것일까. 무관심, 그 밤의 침묵을 깨고 밤하늘로 날아오르는 저 반짝이는 사랑의 날개. 사랑보다 더 달콤한 유혹이 그 어디에 있을까. 그 유혹에, 그 떨림에 어제라는 낡은 옷을 벗고 눈부시게 날아오르는 사랑이 아름답다. 한때 주저앉은 고독의 자세는 사랑 속에서 눈부신 환희의 날개를 활짝 펼 것이다. 그 환희가 일상을 아름답게 수놓을 것이다. 사랑은 밤하늘에서 터지는 저 폭죽처럼 환장하게 눈부신 불꽃놀이와 같다. 그 눈부신 절정을 향해 발화하는 아름다운 불의 꽃씨가 사랑인 것이다. 사진 속 불꽃놀이는 마치 하늘의 별과 별빛들이 한꺼번에 지상에 내려와 무수한 별똥별 잔치를 벌이고 있는 듯하다. 그 순간 마음속에 숨겨진 사랑이 꿈틀대더니, 풀어헤쳐 터져 나온다. 높이 외쳐대는 환희, 그 속에서 꿈틀대는 연인들의 불타는 밤, 아름답다. 과연 인생 속에서 이처럼 화려하고 찬란하고 경이로운 순간이 몇 번이나 있었던가. 내면의 비겁함과 옹졸함과 비참함까지 터져 나와, 속시원히 외쳐대는 것 같다. 이 순간 이후, 결코 우울해하지 말고, 슬퍼하지 말고, 외로워하지 않기를 기도하며.

「 간절함 」

건강하자
사랑 가득 대박나자
산더미처럼 쌓인 답안지
밤낮으로 풀고 있는 울 엄마.

시적 화자는 절 한켠에 놓여 있는 기왓장, 거기에 기도 제목이 적혀 있는 정경을 보고, 마음속으로 기원을 드리며 어머니를 떠올리고 있다. 기왓장에는 소원이 가득 적혀 있다. 지붕을 덮는 덮개인 기왓장이 가족의 아픔을 다독이며 덮어 주는 어머니처럼 든든하게 다가온다. 하룻길의 서러움도 어머니의 따스한 품에 안겨 토해내면 금세 평온해진다. 저 기왓장에 적힌 소원처럼 어머니는 자식들의 내일을 응원하며 기도했을 것이다. 아픔 많은 어제와 불안한 내일을 가슴에 담고 두 손 모아 기도하며 자식들을 돌보았을 것이다. 저 많은 기왓장의 소원처럼 어머니는 촘촘하게 하루를 꿰매며 낯선 내일도 두려움 없이 걸어갔을 것이다. 먼저 어둠을 밝힌 어머니의 그 걸음이 있기에 자식들은 환한 웃음 지으며 어머니의 뒤를 따랐을 것이다.

사진 속 소원 문구에는 건강하자, 무엇보다도 우선 몸 건강히 살아가자며 서로의 건강을 기원하고 있다. 아프면, 모든 게 끝이니까. 몸과 맘이 건강하게 살아가자고 한다. 그리고, 사랑 가득 채우며 살아가자고 한다. 그게 대박난 삶이니까. 그 어떤 시련도 사랑이 있으면, 행복한 삶이니까. 시적 화자는 줄지어 있는 기왓장과 기도 제목이 마치 산더미처럼 쌓인 답안지로 보인다. 그 답안지를 밤낮으로 풀고 있는 엄마를 떠올리며, 눈시울이 붉어지고 있다. 사물에 대한 새로운 해석, 낯설

게 하기가 돋보이는 작품, 디카시의 특질을 잘 구비하
고 있어, 눈길을 끈다.

「 부부애 」

천년을 말없이
눈으로만 주고받은
저 깊디깊은 사랑.

　시적 화자는 조각 공원에서 부부상을 바라보고 서 있다.
결혼은 뜨거운 연애의 감정을 차갑게 만드는 과정이라고
한다. 결혼한 연애는 더 이상 연애가 아니다. 하지만 부
부라는 이름은 새로운 계절과 같아서 그 차갑고 뜨겁고
환장할 것 같은, 감정의 끝에서 태어난다. 천년이 흘러도
변함없는 저 바위처럼 단단한 이름으로 새롭게 태어난다.
바람과 비에 풍화되며 가뭇없이 머물렀다 떠나는 낮과 밤

의 풍경을 건너 다다른 그 이름이 부부인 것이다. 눈빛만
봐도 서로의 마음을 알 수 있는 노부부처럼. 부부는 심심
하고 무료한 일상도 함께 나누며 살아간다. 희열처럼 번
져오는 봄햇살의 따스함에 행복을 느끼고 폭우처럼 쏟아
지는 슬픔을 서로에게 기대며 오늘을 견딘다. 그러기에
먼 훗날에는 저 바위처럼 곁에 있어만 줘도 의지가 되는
것이다. 사진 속의 조각상은 천년을 말없이 눈으로만 주
고받은 사랑, 이 세상에서 가장 깊디깊은 사랑을 하는 부
부로 다가온다. 진짜 부부, 진실된 부부, 하나된 부부는
어떤 사랑을 하는 존재일까. 눈으로만 주고받는 사랑, 그
것도 천년 동안 변함없이 한결같은 사랑을 하는 부부, 아
름답고 경이로운 그 사랑이 멋스러워 보인다. 21세기의
가볍디가벼운 사랑, 얄팍한 사랑을 하는 부부들에게 경종
의 메시지를 던져 주고 있는 듯하다.

「버팀목」

무거운 마음 ˈ
옆구리에 매단 채
매운 시간 삼키며
살아온 울 아버지.

  시적 화자는 바위산에 홀로 우뚝 서 있는 소나무를 바
라보며 감동에 젖는다. 소나무는 흙 한줌 자리잡지 못
한 저 바위산에 뿌리를 내리며 잎을 틔우고 있다. 목마
름을 견디며 뿌리를 내리고 있다. 포기할 법도 한데 단
단한 줄기를 허공으로 올리며 내일을 향해 걷고 있다.
사진 속 바위산 아래로는 파도가 밀려들고 있다. 쉴 새
없이 해풍은 몰아쳐 소나무을 위협했을 텐데 그 위협
에 무릎 꿇지 않고 푸른 잎을 틔웠다. 그 지점에서 시
적 화자는 아버지를 떠올린다. 척박한 바위산 같은 가
난에 뿌리를 내리면서도 자식들을 키우기 위해 해풍
같은 현실에 맞선 아버지. 해일이 덮쳐 오고 가뭄이 밀
려들고 땡볕이 할퀴었을 텐데도 그 모든 어려움을 딛
고 아버지는 일어선다. 무거운 마음 옆구리에 매단 채
꿋꿋이 매운 시간 삼키며, 온갖 시련과 고난을 견디며
살아온 소나무, 시적 화자는 이 소나무가 마치 자신의
아버지 같다고 여긴다. 질곡의 세월을 보낸 이 땅의 아
버지, 그 고귀한 모습이 떠올라, 잠시 숙연해진다. 무엇
보다도 물이 부족하여 고통스러울 텐데, 어찌 저리 건강
하게 자신을 지켜냈단 말인가. 그 인내가 부럽고, 그 극
복한 세월이 자랑스럽기만 하다. 쉽게 포기하기를 잘하
는 현대인들에게 경구로 다가와 새겨졌으면 좋겠다.

「 익어 가는 행복 」

수염 속에서
알알이 여물어
온 가족 빈 배
채워 준 너.

　시적 화자는 다 익은 보리밭을 바라보며 보릿고개 시
절을 잠시 떠올린다. 지지배배 지지배배 종달새의 배
고픔과 가족의 허기를 물고 보리밭은 푸르게 제 몸집
을 키웠을 것이다. 가난한 보리밭의 제 허리가 바람
에 출렁거려도 꺾이지 않기 위해 다시 일어서며 푸르
게 나아갔을 것이다. 허기로 서러운 동생의 표정을 아
는지 모르는지 보리밭은 푸르름으로 낮과 밤을 건너며
익어 갔을 것이다. 노랗게 알알이 여문 저 밥 한끼의
따스함으로 익어 가기 위해 추운 겨울을 건너왔을 것
이다. 사진 속 무수한 수염 속에는 알알이 여물어 가는

보리들이 있다. 한꺼번에 익어 가는 보리밭이 고맙기만
하다. 마침 배고픈 때, 배고픈 시절을 이겨낼 수 있게
희망의 메시지를 주는 보리밭, 그 짙푸른 보리밭이 누렇
게 익어, 온 가족의 빈 배까지 채워 주니, 어찌 고맙지
않을 수 있으랴, 어찌 감동 받지 않을 수 있으랴. 우리
인생도 이처럼 늙어 가는 게 아니라 익어 갔으면 좋겠
고, 여생도 익어 가는 행복을 차츰 쌓아 갔으면 좋겠다.

「 고향집 」

온 가족 봄나들이
웃음도 가지 가지
행복 주렁 주렁.

시적 화자는 뜨락에 피어 있는 백목련을 바라보면서
잠시 상념에 잠겨 있다. 고향집 같은 저 환한 백목련의
방에는 가족의 웃음소리가 가득할 듯하다. 해질녘 귀
가하는 발걸음들로 방은 온기가 돌았을 것이다. 그런
날은 보름달이 밤하늘에 둥싯 떠올라 가족의 웃음소리
를 더욱 환하게 밝혀 주었을 것이다. 사진 속의 백목련
이 유난히 화사하다. 정오를 걸어 오후를 넘어온 가족
들의 이야기가 왁자하게 퍼지는 것처럼 화사하다. 고

향집 같은 저 백목련의 방에는 햇살 묻은 가족의 사랑이 스며 있다. 함께하며 즐거웠던 어린 시절이 숨 쉬고 있다. 백목련은 실핏줄까지 환하게 피어 있다. 가난한 어린 시절이었지만 아픔이 많아 힘들었지만 환한 실핏줄처럼 가족과 함께했기에 웃을 수 있었을 것이다. 시적 화자는 어린 시절, 온 가족이 봄나들이 갔던 때를 떠올린다. 까르르 까르르 춤추는 웃음 소리도 함께 떠올린다. 더불어 행복이 주렁 주렁 열렸던 그때가 오늘은 유달리 그립다. 온 가족이 함께할 때, 밀려오는 행복, 그때 감성 속으로 향긋이 퍼지는 달콤함, 성장해서도 좀처럼 잊혀지지 않은 감성의 꽃송이들, 지금 저렇게 백목련처럼 활짝 피어, 송이 송이 흐드러지게 웃음꽃 피우며, 전율의 파노라마에 몸 맡기는 한때, 그런 시절이 다시 왔으면 좋겠다고 추억하고 있다.

「 마음은 청춘 」

늙고 검버섯 핀 황혼길
가슴 깊이 숨겨둔 순정이
활짝 피워낸 사랑꽃.

시적 화자는 오래된 나무에서 피어난 한 송이 벚꽃을
바라보며 감탄에 젖어 있다. 저 나무는 추운 겨울을 이
고 숨 가쁘게 한 시절을 출렁이며 여기까지 왔을 것이
다. 벚나무 속으로 여러 번의 봄이 왔다 가고 초승달과
그믐달이 이울어 갔을 것이다. 눈가 자글자글한 주름
이 나무의 세월 속에서 자리잡으며 고목이 되어 갔을
것이다. 그러던 어느 날 봄바람 불어 가슴 깊이 숨겨
둔 순정이 부풀어올랐던 것일까. 활짝 피워낸 사랑꽃
이 화사하다. 봄의 입술처럼 앙증맞다. 발그레한 봄날
이 저 야윈 고목에 달싹거리는 봄의 입술을 돋아나게
하고 있다. 새로운 인연을 만난 것일까. 추억 속의 그
시절을 떠올리고 있는 것일까, 못다 한 꿈을 향한 열정
이 돋아난 것일까, 그게 무엇인지 알 수는 없지만 생기
발랄한 저 꽃이 보기 좋다. 검버섯이 난 듯 늙고 쪼글
해진 황혼길을 떠올리는 지금, 우듬지에 피어나지 않
고, 나뭇가지에서 멀리 떨어진 곳에 홀로 피어난 꽃송
이, 마치 가슴 깊이 숨겨둔 순정이 활짝 피워낸 사랑꽃
같다. 어느새 시적 화자의 추억 속으로 빨려 들어간 꽃
송이가 은은한 미소를 띄워 보내고 있다. 꽃 한 송이에
서 새로운 눈길로 다가와 안기는 감성이 아름답다.

「 막노동 」

마디 마디 한숨 소리
잠시 쉬어 가는 시간.

시적 화자는 햇살에 말려지고 있는 면장갑들을 발견하면서 막노동을 떠올린다. 사진 속에는 건조대에 몸을 기댄 납작한 표정들이 즐비하다. 바람이 불어오면 펄럭이며 휴식을 취할 것이다. 노동을 벗고 오로지 햇살과 바람만 입고 있다. 막노동에 두 발을 끼워 맞추며 뻑뻑한 하룻길을 걸어왔을 그의 계절은 춥거나 더워 감당하기 힘들었을 것이다. 면장갑 속 같은 답답한 세상에서 살아남기 위해 손가락을 끼우고 손목을 조이며 앞으로 나아가기 위해 얼마나 힘이 들었을까. 손이 닿는 곳은 모두 차갑거나 뜨거운 땅이어서 장갑을 벗을 수도 없었을 것이다. 어제를 온통 땀으로 절인 그가 오랜만에 쉼을 갖고 있어 안쓰러우면서도 보기 좋다. 죽어라 일하지만, 좀처럼 풀리지 않는 가난한 삶, 거기서 탈출하지 못하고 다람쥐 쳇바퀴 도는 지겨운 삶, 그래서 마디 마디 새어 나오는 한숨 소리가 들리는 듯하다. 그런 속에서도 천만다행한 것은 휴식 시간이 있다는 것이다. 잠시나마 햇살 받으며, 빨래처럼 잠시 쉬어 가는 시간, 노동자의 고단함과 행복함을 한꺼번에 만나게 해주고 있다. 막노동에 대한 따스한 시선과 마음이 소중하게 여겨진다.

「 도전하라 」

세월 엮어 쌓아올린
아버지 유산
대대로 이어진 참교훈.

시적 화자는 항아리가 정성껏 쌓여진 곳에서 아버지의 유산을 떠올린다. 아버지가 남긴 '도전'이라는 유산은 삶의 지침서가 되어 힘든 마음을 의지하고 누일 이 세상의 마지막 땅 같은 의미인 것이다. 아픔과 서러움이 몰아쳐도 몸 누일 한 평의 방이라도 있으면 그곳에서 쉼을 얻고 에너지를 충전할 수 있다. '도전'이라는 아버지의 유산이 힘든 마음을 누일 한 평의 방인 것이다. 눈에 보이는 땅은 관리를 잘 못하면 남의 손에 들어갈 수도 있지만 정신의 땅, 그 유산은 자신을 지켜주고 보호해 준다. 그 유산을 남겨 주기 위해 아버지는 좌절하지 않고 일어서기 위해 바들바들 떠는 무릎을 끌어안고 무던히도 일어섰을 것이다. 그 노력과 눈물을 알기에 시적 화자는 아버지가 남긴 유산을 깊이 받아들였을 것이다. 세월 엮어 오래도록 쌓아올린 아버지의 유산, 대대로 이어진 가훈, 그 속으로 흐르는 참교훈, 가슴속에 짙게 새겨진 푸르른 방향, 소중하게 여겨져, 마음 추스르게 하고 있다. 하나 하나 정성을 다해, 하나씩 줄지어 쌓아올려 서로 조화롭게 가꾼 감성의 세계, 하나 하나 알뜰하게 가꿔낸 마음결, 너무 높지 않게 적절히, 겸허 위에 세워논 알뜰함의 메시지를 만나게 해주고 있어, 행복하다.

「 참사랑 」

기다리고 기다리다
주고 또 주고
끝까지 주고픈 마음.

　시적 화자는 홍시를 바라보며, 나눔의 의미와 신비를
가슴 깊이 받아들이고 있다. 사진 속 홍시는 감꽃을 피
운 봄날을 건너 땡볕을 지나 밤을 걷는 몇 달의 걸음으
로 여기까지 왔을 것이다. 붉게 열려 자신의 부귀영화
를 꿈꾸는 것이 아니라 나눔을 하고자 한다. 태풍에 몸
서리치며 울었던 시간들이 많았을 텐데 그에 대한 보

상을 원하는 것이 아니라 단순하게 나누고 싶어한다. 제 살을 내주고 제 눈까지 내주고자 한다. 문득 저 홍시에는 얼마나 많은 붉은 울음과 그 울음을 딛고 일어선 의지가 숨어 있었던 것일까. 얼마만큼 아파하고 얼마만큼 이겨내야 저 붉음까지 도달할 수 있을까. 숙연해진다. 홍시가 되기까지 얼마나 많은 날들을 기다리고 기다렸던가. 사랑하는 이를 만나기까지 얼마나 많은 밤낮이 흘러갔던가. 오랜 기다림 끝에 만난 이에게 모든 걸 바치고 싶은 마음이 숭고해 보인다. 그것도 형식적인 나눔이 아니라, 끝까지 주고픈 마음이라서 더욱 고귀해 보인다. 홍시 하나로, 우리 인생관을 송두리째 반성하게 하고 있다. 말로만이 아닌, 진실되게 나누며 끝까지 베풀며 살아가야 한다는 삶의 방향성을 만날 수 있어, 가슴 뿌듯하다.

「 천생연분 」

얽히고설킨 살의 매듭
세월이랑 엮어 둥글 둥글
행복한 가정 방글 방글.

　시적 화자는 칡넝쿨이 돌돌 말아놓은 정경을 만나, 천생연분과 행복한 가정의 정의를 내리고 있다. 어떤 인연은 가시처럼 아파 껴안을수록 상처를 주고 어떤 인연은 꽃과 나비처럼 서로를 끌어당기기도 한다. 꽃의 절실함과 나비의 간절함이 서로에게 와닿았던 것인지 꽃과 나비는 봄날의 향기로 깊어져 간다. 입장이 다르고 생각이 다르더라도 어떤 아름다운 파격을 완성할 수 있기에 우리는 그런 인연을 천생연분이라고 말한다. 각자의 태도와 방향을 고집하다가 천생연분으로 이어지면서 서로의 태도와 방향을 존중해 주는 그 아름다운 인연. 그 인연에서는 상처도 금방 아물어 생채기도 아름다운 상처꽃이 된다. 행복한 가정은 얽히고설킨 살의 매듭을 배척하지 않고 순수하게 받아들여, 이를 세월이랑 엮어 둥글둥글 만드는 데 있다. 그렇게 둥글둥글 살다 보면, 어느새 행복이 가득한 가정이 되고, 항상 방글 방글 웃음이 넘치는 가정이 될 거라는 예언이 담겨 있어 좋다. 새삼스레 행복한 가정과 천생연분이 뭔지를 디카시를 통해, 배울 수 있어서 신바람이 난다.

「 발걸음 」

굵고 작은 상흔
휘어진 허리에
아버지의 흔적
끈적 끈적.

 시적 화자는 마을의 작은 돌계단에서 아버지의 흔적
을 발견해 피부로 느끼고 있다. 저 돌계단은 성공을 향
한 욕망의 계단이 아니다. 출세를 향해 오르고 오르던
신분 상승의 계단도 아니다. 식솔들을 먹여 살리기 위
해 끝끝내 올라야 했던 서러움의 계단, 가장의 무게가
느껴지는 계단, 가난이 질척거리는 계단이다. 계단을
오르기 위해 아버지는 무릎에 가장의 힘을 실으며 발
끝을 내딛었을 것이다. 후들거리는 다리가 무너지지
않게 하루의 중심을 잡으며 아침이면 돈을 벌러 저 계
단을 또 내려왔을 것이다. 어떤 유혹에도 넘어가지 않

는 부동자세가 아버지의 발에 실렸을 것이다. 계단을
오르고 또 올라가도 가난의 냄새에서 벗어날 수 없었
지만, 아버지는 자식들의 내일을 올곧게 세워주기 위
해 또 그 계단을 올라갔을 것이다. 아버지의 하루가 끈
적 끈적 묻어났을 저 계단. 그동안 굵고 작은 상흔들
이 얼마나 많았던가. 휘어진 허리로 얼마나 많은 시련
을 겪어야 했던가. 그 흔적이 바로 아버지의 흔적 아니
었던가. 그마저 끈적 끈적 내 몸과 맘과 영혼에 달라붙
어, 좀처럼 떨어지지 아니 하니, 어찌 잊을 수가 있단
말인가. 낡은 돌계단을 통해 아버지를 만나고, 이 만남
을 통해 잠시 인생을 재점검할 수 있어서, 멋지다.

「 허무 」

곱게 단장한 마음
갈바람 손잡고
놀던 때도 잠시
계절따라 떠나 버린
님아.

시적 화자는 단풍이 아름답게 물든 산 정경을 바라보
며 놀랍게도 허무를 떠올리고 있다. 어느 날 갑자기 사
랑도 꿈도 청춘도 말줄임표처럼 무심히 우리를 건너뛴

다. 우리의 의사와는 상관없이 어둠을 부르는 건방진 어스름처럼 허무는 그렇게 우리를 덮친다. 후다닥 도망가고 싶지만 도망갈 곳이 없다. 시간의 낙엽은 떨어지고 감정의 찬바람은 불어오고 마음의 잎들은 모두 갈색으로 퇴색되어 간다. 열정적인 자세로 다시 삶에 불을 놓고 싶지만 나이가 들어 불씨 하나 없다. 적막하게 깊어가는 저 늦가을 속에서 견뎌내야 한다. 이제는 이별에 익숙해야 한다. 허무의 옷을 껴입고 시간의 가장자리를 조심조심 걸어야 한다. 그 가장자리에서 밀려드는 이별과 허무를 받아들여야 한다. 사진 속 풍광은 곱게 단장한 마음 같은 가을의 정경이다. 갈바람이 그 마음과 손잡고 잠시 즐거운 한때를 보낸다. 하지만, 그게 오래 가지 못한다. 단풍도 변하고 님은 계절따라 떠나 버린다. 안타깝고 시리다. 단풍 들 때는 눈부시도록 아름다웠는데, 계절이 바뀌니 모든 게 시리고 아픈 추억밖에 남지 않는다. 이를 쓸쓸히 바라보고 있는 시적 화자의 눈길과 마음. 노년을 살아가는 마음이 쓸쓸하게 다가와 아프다.

「 노후 」

넘실대는 정도
숙성된 붉은 사랑도
비워 버리고, 텅 빈 몸뚱이로
햇살만 움켜쥐고 있다.

시적 화자는 항아리들이 나뒹굴고 있는 정경을 바라보며 노후에 대해 생각하고 있다. 노년의 빈 손바닥 같은 저 항아리에서는 쓸쓸한 생의 뒤안길 같은 풀벌레 소리가 들리는 듯하다. 아무도 세월을 막을 수 없기에 노년의 시간에 접어들면 손가락 사이로 빠져나가는 사랑도 정도 그리움도 모두 놓아야 한다. 속도와 속도 사이에서 남보다 더 빨리 내달렸던 성공을 향한 욕망도 꿈을 향한 욕심도 내려놓아야 한다. 기억 어디쯤에서 한때 뿌리 내렸던 쓸쓸함과 허무를 찾아 다시 기대야 한다. 내 안의 고요로 접어드는 저 햇살을 움켜쥐고 자신을 들여다봐야 한다. 사진 속의 어떤 항아리는 반듯하게 서 있고, 어떤 항아리는 비스듬히 누워 있고, 어떤 항아리는 엎어져 있다. 그 항아리들을 바라보면서, 추억을 떠올리고 있다. 넘실대던 정, 숙성된 붉은 사랑, 오순도순 주고받던 대화, 그리움을 밀고 당기며 밀당했던 한 시절, 안타까운 속정, 말 못할 감성 등이 덩그레 다가온다. 그 모든 게 사라지고, 비워지고, 빛바랜 지금, 텅 빈 몸뚱이만 남아 햇살 움켜쥐고 있다. 그 정경이 초라하고 허무하고 처절하다. 그래도 정겨운 맛은 남아 있어, 눈물겹게 한다. 늙음을 탓해서 뭘 하겠는가. 자연스레 늙음을 받아들이고, 인정하고, 편안한 마음으로 여생을 보내기를 바랄 뿐. 이왕 다 비웠으니, 여생의 여백만큼은 진실된 마음의 색으로 색칠해 나갔으면 좋겠다.

이처럼, 디카시는 핸드폰 문화가 만들어낸 독특한 문학 장르 중 하나다. 반드시 사진을 동반해야 하고, 이 사진을 5행 이내의 시로 형상화 해놓아야 한다. 사진은 찰나 예술을 도와 주는 작품일수록 좋다. 다시는 찍을 수 없는 정경을 포착하면 더 좋다. 초점이 잘 맞은 사진을 확보한 다음, 상징적인 제목을 하나 내세워 놓고, 이를 이미지 구현과 낯설게 하기를 통해, 신선한 시적 형상화를 해놓는다면, 좋은 평점을 받는 디카시가 될 것이다. 사진과 시가 어우러져, 아름다운 창작품이 되고, 이는 독자의 감흥, 감동 쪽으로 뿌리를 뻗어, 감성의 폭넓은 발견으로 이어져야 한다. 사진은 되도록 대각선 구도로 찍어 독자에게 안정감도 주고 눈길도 끌어야 한다. 시는 사진 설명으로 그치지 말고, 사진의 세계를 상징으로 처리하여, 사진 속 정경도 즐기고 감성의 묘미와 멋을 한꺼번에 맛보며 즐길 수 있도록 해야 한다.

소정희 시인의 디카시들은 이러한 요건들을 잘 갖추고 있어, 눈길을 끈다. 한 편 한 편 삶의 의미, 감성의 다채로움, 전율의 오솔길을 제공해 주고 있어, 독자들은 읽어 가는 동안 내내 행복하다.

앞으로, 제2, 제3 디카시집도 펴내어, 한국 독자들뿐만 아니라 해외 독자들까지 매료시켜 주기를 바란다. 감동의 디카시들을 평생 창작하며, 여생의 여백에 향기 가득한 삶으로 장식해 주기를 바란다.

– 무더위를 한풀 꺾어 주는 소낙비에 감사하며

한실문예창작 지도 교수 박덕은
(문학박사, 전 전남대 교수, 문학평론가, 시인, 동화작가, 소설가, 사진작가, 화가)

바라만 봐도 슬앙
소·정·희·디·카·시·집

인쇄	2023년 10월 10일
발행	2023년 10월 20일

지은이	소정희
디자인	그린출판기획
표지캘리	그린출판기획

펴낸곳	그린출판기획
	출판등록 2008년 3월 25일 제 359-2008-000072호
	주소 광주광역시 동구 백서로 117번길 3-1
	구입문의 062_222_4154
	팩스 062_228_7063
ISBN	978-89-93230-47-5

· 잘못된 책은 바꾸어 드립니다.
· 이 책의 사진 또는 내용을 사용하려면 사전에 저작권자와
  그린출판기획의 동의를 받아야 합니다.